U0128369

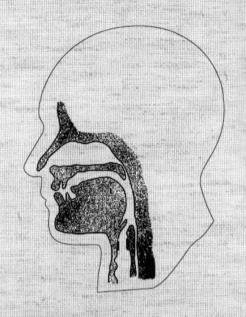

卡那卡那富族｜族語發音練習

王本瑛　著

國立高雄師範大學語言與文化學士原住民專班

目次表

第一章　語音學與語音教學

1. 新世代的族語教學觀

　　《國家語言發展法》於 107 年 12 月 25 日通過，其中第九條明定「中央教育主管機關應於國民基本教育各階段，將國家語言列為部定課程。」確立學校教育得使用各國家語言為之，十二年國民教育課綱也隨即修訂，將本土語學習規劃為部定必修學分，從國小延伸至高中職。本土語教育納入正式課程至今已 18 年，從剛開始的匆促上路，至今天立法完成，課程規劃、師資培育也即將一一到位，本土語文教材更應該詳加檢視，使其臻於完善。

　　然而臺灣的本土語言都面臨代際傳承的斷裂、使用場域的縮限、不易回應新事物與媒體等危機。語言教育雖然應從家裡開始，但是，當語言的代際傳承斷裂之時，有系統的研究、記錄並發展語言教材應是語言復振保存刻不容緩的工作。

　　目前臺灣的優勢語言為「華語」，家庭場域以華語為先（洪惟仁，2019：56），年輕一代幾乎以華語為第一語言，因此，除華語外臺灣的其他各族的語言學習，多半只能稱之為第二語

學習（Second Language Learning），原住民各族的族語學習甚至可能相當於外語學習。第二語言學習通常指的是母語之外的語言學習：家中使用母語，家庭外使用的語言為第二語。但是今天臺灣各族群的家庭語言多已經轉為華語，在家庭外難有接觸族語的機會。對於弱勢族群，孩子們接觸母語的機會可能就只有在學校。營造母語環境可能緩不濟急，因此系統化的教學就格外重要。

　　本土語教育開始正規化，令人欣喜，但也面臨諸多挑戰，不論是課程規劃、教材設計研發、教學法的應用，對於本土語教師更是莫大的挑戰。語言教師除了教學熱忱外，尚須具備以下三個要件：

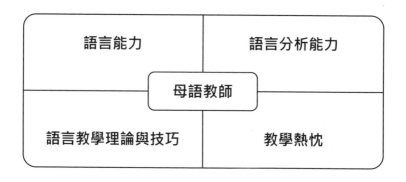

　　（1）語言能力：任何語言教師都必須具備該語言流利的聽說讀寫能力，因為語言教師不僅是學生的模仿對象，也是學生的語言諮詢對象。在語文教師的必備能力中，語言能力是最難以培養的。

（2）語言分析能力：語言教師對於教授的語言不僅要知其然，也要知其所以然。本土語教師若能知曉語言分析方法，對語言現象能舉一反三，學生學習會更能觸類旁通。語言分析能力則奠基於對語言學理論的理解。

（3）語言教學理論與技巧：語言教學有不同於其他科目的教學步驟與方法，語言教師需嫻熟語言教學理論及技巧，才可靈活應用於教學及課程之中。

然而，優秀的本土語教師除了須具備優異的目標語言能力、教學技巧及教學熱忱，系統化的本土語教材更能協助教師將紛繁的語言現象化為深入淺出的學習進程。系統化的教材需起自於對語言的全面了解與分析，若未能全面了解語言的各個層面，一昧闡述語言是習慣成自然，對學生而言不啻於是無所依循。因此，語言學理論對於語言教師而言屬於教學的基礎科目，是教學精進的基石。

2. 語音學

「語音學」顧名思義，是研究「語言的聲音」的科學，各種語言的語音都是語音學的研究範疇。語音學一般分成三個次領域：發音語音學（articulatory phonetics）探討各語音的發音過程，詳細檢視語音氣流機制，以及作為共振腔的聲道是如何透過唇與舌修改聲道形狀，發出各種語音。聲學語音學（acoustic phonetics）分析語音的聲學特質，並編輯或是合成語音。聽覺語音學（auditory phonetics）則嘗試解釋語音的理解過程，找出哪一些語音信號（linguistic cue）是理解語音最重

要的成分。在今日，聲學語音學的研究成果已經應用到日常生活之中，如語音答錄、語音輸入等系統，或是各種數位語音助理系統。也因為科技日新月異，我們還得以一窺隱藏於口腔或是喉頭的發音過程。

　　除了科技帶給語音學新的視野、新的應用範疇，語音學早已是語音教學的基礎。語音教學看似簡單：教師示範語音，學生似乎就應該會發音。但是當教師以此方式來教授學生語音時，一來一回的「教師示範—學生發音」，學生的發音依然未改分毫。往往教師感到苦惱不已，不知該如何指導學生調整發音，只好一再重複示範。學生感到迷惘，學生不解自己的發音與教師的示範音有何差距。又或者是，學生感知自己的發音與教師的示範音有差距，但是不知該如何調整。因為發音教學被視為是語言學習的一小部分，學生還需學習句法、構詞等規律，這個問題最後也就不了了之。

　　語音學理論是語言教學中，教師在示範發音、糾正學生發音時所需的先備知識，教師未必需要告知學生艱澀抽象的語音原理，但是教師若具備語音學知識，可以依據發音語音學的知識協助學生微調發音器官，找出發音難點，或設計具語音學原理的發音練習，協助學生區辨語音細節，進而正確發音。如此一來，或可收事半功倍之效。

3. 語言對比理論

　　當學生需要進入教室學習某一語言時，就表示這個語言對學生而言是陌生的，也就是說學生另有自己熟悉的語言。如前

所述，當華語成為家庭語言時，即表示華語是學生的第一語言（先學會的語言）。目前臺灣的各族群母語紛紛從家庭場域退守，不論是家庭外或家庭內，孩子們幾乎沒有聽說母語的機會，如此一來，對年輕人而言，族語的學習幾乎與英語等外語一樣：只有在教室裡才有機會學習。若以臺灣本土語言的現況，語言對比研究對本土語言教師而言就格外重要，特別是華語與本土語言的對比分析。

　　語音學研究各種語音，然而各語言的語音不盡相同，如下圖所示。

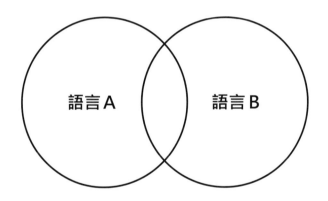

　　若語言 A 為學生的第一語言，語言 B 為學生要學習的語言，語言 A 與語言 B 的交集即是兩個語言都有的語音，例如華語有ㄚ（/a/）、ㄧ（/i/）、ㄨ（/u/），[1] 卡那卡那富語也有 a (/a/)、i (/i/)、u (/u/)，這些音對於學習者而言就是比較容易

1　本書為教材推廣，盡量以大眾明瞭的標音或文字為主，其後再加註國際音標。

的。但是，語言 B 沒有被語言 A 包含的部分，則是語言 A 學習者感困難的部分，例如，卡那卡那富語的 ʉ (/ɨ/) 並未見於華語，所以擅長說華語的學習者在學習卡那卡那富語的 ʉ 就備感困難。由此看來，語言教學中學習者的難點，其實多半可以預測的，只要教師了解學習者最熟練的語言，並對比分析此一語言與目標語的異同，即可探知何者對學習者是容易的，何者可能是學習者備感困擾的，再輔以語言學專業知識，針對學習者學習的難點加以指導，或設計教材，就可以協助學習者精進學習。

4. 本書目的及架構

為因應《國家語言發展法》實施，族語教育正式納入國民教育，但面對臺灣各族群族語流失，年輕一代多以華語為母語，系統性教材需求孔急。本書針對擅長華語的學習者，將他們不易分辨的卡那卡那富語語音編成發音練習。本書可以作為獨立的發音課程教材，也可以搭配各級族語教學的課堂練習。

本書的第二章為發音語言學簡介，簡述發音器官、元音、輔音的發音過程。第三章為介紹卡那卡那富語的概況及音韻系統。第四、五章分別為元音、輔音的練習，第六章為卡那卡那富語的音變練習，第七章為重音練習。第四、五、六、七章的練習均可單獨作為教師重點課程搭配使用。

第二章　發音語音學簡介

　　發音教學常常被誤解為最容易教授：語言教師示範發音後，學生就應該會發音了。然而，語音稍縱即逝，即便有錄音工具，但是口腔內部的運作卻是難以窺見，若以此傳統方式糾音，終究學生會不明所以，教師也會相當挫折。但是，發音一如體育技能的學習，（語言）教練除了具有目標語言的語言能力外，還需要將語音發音過程一一拆解說明，輔以手勢及圖像，學習者才能有所依據，找到發音的訣竅。因此，理解發音器官是語音教學的重要知識。

1. 語音的三要素：氣流、聲帶、聲道

　　目前全世界語言有六千多種，其語音亦各有特點，若一一檢視，不免會對某些特殊音嘖嘖稱奇，例如祖魯語（Zulu）的搭嘴音（click）或是臺灣初鹿卑南語的咽音（pharyngeals），但是不論這些語音如何奇特，一般是以氣流作為發音的動力來源，不同之處則在於發音時氣流的方向。大部分的語言是以肺部為出發點，氣流從氣管經過聲門進入口腔或鼻腔，或形成共

鳴、或形成阻礙，此為呼出氣流。另一種是氣流自口腔吸入，因為氣流吸入需要更多的動力，往往需要在聲道先成阻，再猛然吸入氣流才能發出搭嘴音。

只有氣流流動，還不足以形成語音，語音的形成還需要聲帶及聲道。聲帶振動則為有聲（濁音），聲帶不振動則為無聲（清音）。聲帶位在頸部中段，甲狀軟骨後面，當說話時，以手指輕觸，則可以感覺聲帶的振動。另一要素則是聲道的共振或成阻，此一要素的重要性更甚於聲帶振動。若以氣音說話，以手指輕觸甲狀軟骨，雖然聲帶無振動，但是話語仍可以字字分明，可見語音要素中聲道的形狀其重要性僅次於氣流。

聲道可視為一個長約 16-17 公分的長型圓柱體，起自聲帶，終於雙唇，氣流通過其中或產生共振，或產生湍流。或許可以把聲道想像成一個較細的瓶裝水的瓶子，但是不同於瓶子，聲道的形狀卻可以改變，產生共振或湍流。共振或湍流的產生則需要借助口腔中能夠移動的發音器官，因此，發音器官又分為「主動發音器官」及「被動發音器官」。主動發音器官通常為有延展性或機動性，如舌頭即是一主動發音器官，口腔上部則多為被動發音器官。主動發音器官因具有機動性，往往可以接觸不同的被動發音器官，產生不同的語音，為精確描述發音部位，以被動發音器官指稱語音比較恰當。

2. 發音器官（**articulatory organs**）

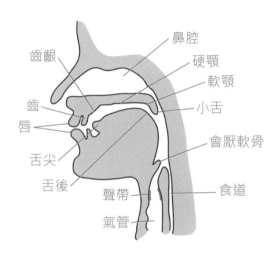

（1）**鼻腔**（nasal cavity）

鼻腔是自鼻孔至軟顎處的空間，發音時若軟顎下降，使部分或全部氣流自鼻腔溢出，產生共鳴，因而發音有鼻音特色，是為鼻音，如 [m] 的是氣流全部流經鼻腔，臺灣閩南語的 ann[ã] 則是發元音 [a] 的同時軟顎下降，部分氣流進入鼻腔，產生鼻腔共鳴，使元音 ann[ã] 帶有鼻音色彩。

（2）**口腔**（oral cavity）

說話時氣流自肺部溢出的主要通路，其範圍是從雙唇一直到軟顎、位於鼻腔下方的空間。

（3）**唇**（lips）

氣流從肺部開始，雙唇為其在聲道通過的最後一點，也是最顯而易見的發音器官。發輔音時，或由雙唇緊閉阻擋氣

流發出 [p]、[b]、[m] 。元音時有時會因圓唇改變聲道的長度，因而改變元音的音色。

（4）牙齒（teeth）

英語的 [θ]、[ð] 即為齒音，舌尖置於上下牙齒之間或輕輕抵住上齒背，氣流由舌齒之間的縫隙溢出，即可發出齒音，臺灣霧台魯凱語亦有齒音 [θ]、[ð]。

（5）齒齦（alveolar ridge）

齒齦為牙齒之後稍稍突起的組織，絕大多數語言都有齒齦音，如 [t]、[d]、[n]、[s]、[z] 等均是齒齦音。發 [t]、[d]、[n] 時，舌尖面（或舌尖頭）抵住齒齦，短暫阻擋氣流後爆破氣流。發 [s]、[z] 時，舌尖的面接近齒齦，成為聲道中最狹窄之處，氣流經此狹窄通道，產生「摩擦」音色。[s]、[z] 為擦音，舌尖面與口腔上部無接觸，很難體察其發音位置。可以試著先發 [s]，固定舌位再吸入氣流，此時在齒齦部位會有涼感。這是因為發 [s] 時在齒齦為聲道最狹窄之處，氣流通過狹窄處往往流速增加，因而產生涼感。

（6）硬顎（palate）

口腔上部自齒齦向後，有骨骼支撐的部分為硬顎，英語的 [ʃ] 即是介於齒齦與硬顎間的音，華語的 [ɕ] 亦為一個硬顎音，兩者不同處在於 [ʃ] 與硬顎的氣流摩擦面較窄，[ɕ] 與硬顎間的氣流摩擦面較大。

（7）軟顎（velum）

硬顎之後無骨骼的軟組織部分為軟顎，軟顎是掌握氣流進

入鼻腔的關鍵，軟顎上升，氣流只能從口腔溢出，發出的音是口音；軟顎下降，部分氣流自鼻腔溢出，發出的音為鼻音。軟顎也可以作為被動發音器官，舌後拱起接觸軟顎，氣流短暫受阻後溢出，此即為軟顎塞音 [k]。

（8）**小舌**（uvula）

小舌為軟顎末端懸吊於咽喉的軟組織，臺灣部分南島語有小舌塞音 [q] 及小舌顫音 [R]。

（9）**舌尖**（tip of the tongue）

舌頭為最主要的主動發音器官，因此在區分上比其他的發音器官詳細。舌尖為舌頭上平面與下平面的交會處，大約是舌頭在休息自然狀態下接近牙齒咬合的部分。

（10）**舌面**（blade of the tongue）

舌面為舌頭上平面約 1 公分左右的部分，在舌頭休息狀態時，舌面是在上齒齦下方。

（11）**舌前**（front of the tongue）

雖名為舌前，但實際卻是在舌面之後約 1 公分左右。在舌頭休息時大約是在齒齦至硬顎下方。

（12）**舌央**（center of the tongue）

舌央為舌前往後 1 公分左右。舌頭休息時硬顎下方為舌央。

（13）**舌後**（back of the tongue）

舌央的後方，大約位在軟顎下方。華語的 [k] 發音時，舌後抬高，抵住軟顎，氣流短暫受阻後爆破溢出。

（14）**會厭軟骨**（epiglottis）

會厭軟骨位在氣管上方，其功能是當我們進食時，可遮蔽氣管以防食物進入氣管。

（15）**聲帶**（vocal folds or vocal cords）

聲帶為說話時的發音源，約在頸部的前方中段，發音時輕觸頸部中段有振動感覺之處。聲帶為兩片薄膜，在氣流經過時受到氣流擾動而振動。

（16）**聲門**（glottis）

聲門為兩片聲帶中間的空隙，發 [h] 時即聲帶分開，氣流自聲帶中間進入口腔。

（17）**氣管**（trachea）

位於聲帶下方連接肺部，為氣流進入口腔的通道。

3. 元音與輔音

教師除了需要了解發音器官，還需要詳知發音過程。語音教學糾音時，有時需要以手勢圖表解說發音。其實學習者的語言偏誤可能只是某個發音動作的不到位，只需要微調一下即可發出如母語者一般的語音。因此，在糾音時，教師對語音的描述與理解非常重要。

語音可以因氣流狀態分為輔音與元音，氣流在聲道中產生不同的共振者為元音，氣流在聲道中產生湍流者為輔音。不論產生共振或湍流，都需要主動發音器官接觸或靠近被動發音器官。

3.1 元音

發元音時氣流在聲道較無阻礙，主要以舌頭及嘴唇改變聲道的形狀及長度，因此元音可以以舌頭最高點的位置及嘴唇的形狀作為描述的準則。

（1）舌頭高度分成高、中、低

（2）舌頭位置分成前、央、後

（3）嘴唇形狀分成圓唇與展唇

從元音圖來看，[u] 與 [i] 的差別為舌頭的前後，[i] 與 [a] 的差別為舌位的高低，[i] 與 [y] 的差別則在於嘴唇的圓展。

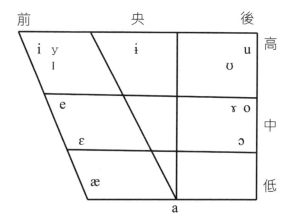

（1）前高展唇緊元音 [i]：發元音 [i] 時，舌位的最高點位在口腔的前方高處，舌央接近硬顎，臉頰肌肉緊張，嘴唇扁平，嘴巴開口度小，華語及英語都有[i]。

（2）前高展唇鬆元音 [ɪ]：[ɪ] 也是前高元音，發音時舌位的最高點位在口腔的前方高處，但是比 [i] 略低，臉

頰肌肉較 [i] 放鬆，嘴唇也是扁平的，但是開口度比 [i] 略開。華語沒有這個音，但是英語有，如英語 *sit* 的元音。

（3）　前中展唇緊元音 [e]：發元音 [e] 時，舌位的最高點位在口腔的前方，但是高度並不及元音 [i]，嘴唇為展唇，約略是華語ㄟ（[ei]）的前半部的元音。

（4）　前中展唇鬆元音 [ɛ]：發元音 [ɛ] 時，舌位的最高點位在口腔的前方，但是高度比 [e] 略低，嘴唇為展唇，這個音就是華語的ㄝ [ɛ]。

（5）　前低展唇元音 [æ]：發元音 [æ] 時，舌頭在口腔前部，舌位並不高，嘴唇為展唇，開口度大，華語並沒有這個音，但英語有，如英語 *sat* 的元音。

（6）　後高圓唇緊元音 [u]：發元音 [u] 時，舌後抬高，因而舌位最高點在口腔後方，嘴唇為突出的圓唇，臉頰肌肉緊張，華語及英語都有這個音。

（7）　後高圓唇鬆元音 [ʊ]：[ʊ] 也是後高圓唇元音，發音時舌後抬高，因而舌位最高點在口腔後方，但比 [u] 略低，嘴唇為突出的圓唇，開口度比 [u] 大一些，臉頰肌肉較放鬆，英語有這個音，但華語沒有，如英語的 *book* 的元音。

（8）　後中圓唇緊元音 [o]：發元音 [o] 時，舌後抬高，但舌位最高點在口腔後方，比 [ʊ] 略低，嘴唇為突出的圓唇，開口度比 [ʊ] 大一些，大約是華語ㄡ（[ou]）的前半部的元音。

（9）後中圓唇鬆元音 [ɔ]：[ɔ] 也是後中圓唇元音，發音時舌後抬高，但舌位最高點在口腔後方，比 [o] 略低，嘴唇為突出的圓唇，開口度也比 [o] 大一些。這個音約略等同於華語的ㄛ（[ɔ]）。

（10）前高圓唇元音 [y]：[y] 也是前高元音，舌位的最高點位在口腔的前方高處，舌央接近硬顎，臉頰肌肉緊張，但嘴唇為突出的圓唇，嘴巴開口度小。[y] 的舌位與 [i] 相同，不同的是，[i] 為展唇但 [y] 為圓唇，華語的ㄩ（[y]）即是此音。

（11）央高展唇元音 [ɨ]：發元音時，舌位的最高點位在口腔的中央高處，舌央接近硬顎後方，嘴唇扁平，嘴巴開口度小，卡那卡那富語的 u 就是這個元音。

（12）後中展唇元音 [ɤ]：[ɤ] 為後中元音，舌位的最高點位在口腔的後方，接近軟顎下方，嘴唇扁平，[ɤ] 的舌位與 [o] 相同，但是 [o] 是圓唇，[ɤ] 是展唇。華語的ㄜ（[ɤ]）即是此音。

（13）央低元音 [a]：發元音 [a] 時，舌位保持在休息位置，嘴巴開口度大，嘴唇圓唇，[a] 出現在很多語言中。

3.2 輔音

　　輔音是氣流在聲道產生湍流，要產生湍流則必需在聲道的某一點有某種程度的阻礙，因此輔音的描述可以以發音位置（place of articulation）與發音方法（manner of articulation）為兩大重點，發音位置即是氣流在聲道中受阻礙的點，發音方法則為氣流受阻礙的型態。此外，輔音還會因為軟顎上升或下

降，有「口音」、「鼻音」之分。聲帶振動與否，形成「有聲輔音」和「無聲輔音」之分。因此，輔音可以由四個面向描述：

（1）發音位置

（2）發音方法

（3）口音／鼻音

（4）有聲／無聲

3.2.1 以發音位置區分，輔音可以區分為以下幾種

（1）雙唇音（bilabial）

雙唇音指的是發音時運用到雙唇，如華語的ㄅ（[p]）、ㄇ（[m]）等音需要雙唇緊閉短暫阻斷氣流。

（2）唇齒音（labiodental）

唇齒音是上齒輕觸內縮的下唇，氣流自唇齒間的隙縫通過，如英語 *fine* 的 [f] 和 *vine* 的 [v]。

（3）齒間音（interdental）

齒間音是將舌尖置於上下牙齒中間，氣流自舌齒間縫隙通過，如英語 *think* 的 [θ] 和 *this* 的 [ð]。

（4）齒齦音（alveolar）

齒齦音指的是舌尖或舌尖面接觸或接近齒齦所發出的音。如舌尖或舌尖面接觸齒齦，阻斷氣流，則發出 [t] 或 [n]，例如華語的ㄉ（[t]）和ㄋ（[n]）。若舌尖面接近齒齦，使氣流通過其間的狹窄通道，則會發出 [s] 或 [z]，如英語的 *see* 的 [s] 和 *zee* 的 [z]。

（5）硬顎音（palatal）

硬顎音是舌前或舌央接近或接觸硬顎產生的音，如華語的ㄐ（[tɕ]）、ㄑ（[tɕʰ]）、ㄒ（[ɕ]）及英語 *yes* 的 [j]。

（6）軟顎音（velar）

軟顎音指的是舌後接近或接觸軟顎所發出的音。若舌後接觸軟顎阻斷氣流，發出的音則是 [k]、[g]、[ŋ]，如華語的ㄍ（[k]）、英語 *get* 的 [g] 和華語ㅊ（[aŋ]）的後半部。若舌根接近軟顎，氣流從中通過，發出的音為國語的ㄏ（[x]）。

3.2.2 以發音方法區分，輔音又可以區分為以下幾類

（1）塞音（stop）

發塞音時氣流在聲道受到完全阻礙，但成阻瞬間馬上除阻，如華語的ㄅ（[p]）、ㄆ（[pʰ]）、ㄉ（[t]）、ㄊ（[t]）、ㄍ（[k]）、ㄎ（[kʰ]）等都是。

（2）擦音（fricative）

發擦音時，主動發音器官（如舌頭）接近被動發音器官，使氣流通過狹窄的通道，發出嘶嘶的聲音，一如起風時窗戶若未關緊密，風由縫隙吹入屋內發出的聲音。華語的ㄈ（[f]）、ㄏ（[x]）、ㄒ（[ɕ]）、ㄙ（[s]）、ㄕ（[ʂ]）等都是擦音。

（3）塞擦音（affricate）

如同塞音一樣，發塞擦音時，發音器官先在聲道成阻，成阻瞬間也馬上除阻，與塞音不同的是，塞擦音除阻後氣流通道仍狹隘，因而產生摩擦，但塞音除阻後氣流穿越通道

大開，因此無摩擦音效。華語的ㄐ（[tɕ]）、ㄑ（[tɕʰ]）、ㄗ（[ts]）、ㄘ（[tsʰ]）、ㄓ（[tʂ]）、ㄔ（[tʂʰ]）都是塞擦音。

（4）接近音（approximant）

接近音為具元音性質的輔音，發音時，主動發音器官接近被動發音器官，但因接近程度不似擦音，並未形成湍流，沒有如擦音般的嘶嘶聲，英語 yes 的 [j] 及 we 的 [w] 都是接近音。

4. 重音

語言除了以輔音及元音區辨語義外，還可能會使用超音段成分（suprasegmental）來區分語義，有的語言使用音高（pitch），如華語或閩南語的聲調，有的語言使用音強（stress），如英語或法語的重音。讀重音的音節比較大聲，音高比較高，該音節的元音也比較長。

同樣是使用重音的語言，又區分為固定重音及非固定重音兩類，固定重音指的是詞彙的重音多半可以預測，如卑南語重音多落在最後一個音節，卡那卡那富語的重音多在詞彙的倒數第二個音節。非固定重音的語言，則難以預測其詞彙的重音，各詞彙的重音需要特別記憶，如英語。

5. 標音系統

一般語言學的書籍多以國際音標（International Phonetic Alphabet）為標音系統，顧及國際音標的普遍性有限，且以教學為目標，本書體例主要以卡那卡那富族的書寫系統為主，並於書寫符號後標註國際音標。

第三章　卡那卡那富語

1. 卡那卡那富族

　　卡那卡那富族在 2014 年 6 月 26 日正式成為官方承認的第十六個原住民族，是臺灣原住民族中人數最少的族群，只有342 人，[1] 其中有 287 人居住在高雄，[2] 若說卡那卡那富族是高雄特有的原住民族應不為過。

　　卡那卡那富族分布在高雄市那瑪夏區，但是他們卻不是那瑪夏區的優勢族群，截至 2019 年 6 月，那瑪夏區人口數為3,153 人，其人口族群比例如下。

族群	人口	百分比
布農族	2,021	64.1%
鄒族	237	7.5%

---

1 原住民族委員會（https://www.apc.gov.tw/portal/docList.html?CID= E3439993A7481ADD，檢索時間 2019 年 7 月 4 日。
2 高雄市原住民事務委員會（http://www.coia.gov.tw/web_tw/data_detail.php?n=data&appId=data01&id=273），檢索時間 2020 年 3 月28 日。

族群	人口	百分比
卡那卡那富族	233	7.4%
排灣族	91	2.9%
拉阿魯哇	67	2.1%
泰雅族	35	1.1%
阿美族	29	1%
賽德克族	8	
太魯閣族	6	
魯凱族	6	1%
卑南族	2	
達悟族	1	
非原住民族	417	13.2%
總計	2,736	

　　由上表可以看出，在那瑪夏區，優勢族群是布農族（占64.1%），卡那卡那富族只占那瑪夏人口的 7.4%。事實上卡那卡那富族應該是最早來到那瑪夏一帶的族群，早在荷蘭時期的《熱蘭遮城日誌》中即有 cannacannavo（即卡那卡那富族）的記載，並敘明該族長老於 1648 年、1650 年、1654 年及 1655年共四次出席「北區地方會議」。清朝時史料《臺海使槎錄》對此地區有二種譯法：「簡仔霧社」及「干仔霧社」。這兩個地名若以閩南語讀之，就是卡那卡那富族。至於現居那瑪夏區的其他族群則是大約先後於日治時期或戰後遷入。

2. 卡那卡那富語

　　人口數的弱勢也反映在語言使用上，卡那卡那富族人幾乎都會使用華語，成年人中約有七成以上能聽、能說布農族語。惟精通族語、有豐富語彙、能以族語思考、生活、對話者，目前僅七位，都是 60 歲以上，但與兒女孫輩對話時，又以華語或布農語為主。[3] 簡言之，卡那卡那富語不僅在臺灣屬弱勢，即便在其原居地也是少數，可謂是臺灣語言中弱勢的弱勢。

2.1 卡那卡那富語的音韻系統

　　卡那卡那富語有 6 個元音，11 個輔音。重音一般落在倒數第二個音節。

2.1.1 元音系統

　　卡那卡那富族語的元音有 6 個。其書寫符號、國際音標及發音位置分述如下。

書寫符號	國際音標	發音位置
i	/i/	前高展唇元音，發音時舌頭位置的高點位在口腔前方最高處，嘴唇展唇
e	/e/	前中展唇元音，發音時舌頭位置的高點在口腔前方中間高度，嘴唇展唇
u	/u/	後高圓唇元音，發音時舌頭位置的高點位在口腔後方最高處，嘴唇圓唇
o	/o/	後中圓唇元音，發音時舌頭位置的高點位在口腔後方中間高度，嘴唇圓唇

---

3 《卡那卡那富語詞典》，https://m-dictionary.apc.gov.tw/xnb/Intro_1_2.htm，檢索時間：2019 年 7 月 5 日。

| ʉ | /ɨ/ | 央高元音，發音時舌頭位置的高點在口腔中央高處，嘴唇為展唇 |
| a | /a/ | 央低元音，發音時舌頭位置低，嘴唇展唇 |

2.1.2 輔音系統

書寫符號	國際音標	發音位置
p	/p/	無聲不送氣雙唇塞音，近似華語的ㄅ
t	/t/	無聲不送氣齒齦塞音，近似華語的ㄉ
k	/k/	無聲不送氣軟顎塞音，近似華語的ㄍ
'	/ʔ/	無聲不送氣聲門塞音，近似閩南語「肉」的韻尾
v	/v/	有聲唇齒擦音，近似英語的 v
s	/s/	無聲齒齦擦音，近似華語的ㄙ
c	/ts/	無聲齒齦塞擦音，近似華語的ㄗ
m	/m/	有聲雙唇鼻塞音，近似華語的ㄇ
n	/n/	有聲齒齦鼻塞音，近似華語的ㄋ
ng	/ŋ/	有聲軟顎鼻塞音，近似閩南語「黃」的白讀音 n̂g
r	/l/	有聲齒齦邊音，近似華語的ㄌ

　　卡那卡那富語原來是有舌尖顫音 /r/（Chen, 2016: 9），然而目前顫音似乎有流失的傾向，漸漸讀為 /l/。況且卡那卡那富語的書寫文字已將 /l/ 與 /r/ 都寫為 r。語言教學應以描述性語法（descriptive grammar）[4] 作為基礎，以目標語的語言現況

---

4 描述性語法是著重語言現況的描述，語言形式的合法與否是以該語言使用者的語感為標準。規範性語法（prescriptive grammar）則是以語言的某一狀態作為常模或是模範，任何偏離此一常模的語言形式都是錯誤的、病態的，因此規範性語言學者對於偏離常

作為語言教授的標準，因此，本書的練習不包含顫音 /r/。

　　2.2 卡那卡那富語的音變

　　卡那卡那富語的書寫符號以拉丁字母為主，比漢語的方塊字更能體現實際發音，然而，有時為涵括各方言發音，制定書寫符號時不得不有某些妥協。其次，書寫符號一般而言多是屬於音韻層次，而非語音層次。對於卡那卡那富語的說話者而言，有些音變是非常自然的，然而對於學習者而言，卻需要特別練習才能說得近似卡那卡那富族人。例如，在卡那卡那富語中，書寫符號的 s 和 c 一般都讀為 [s] 和 [ts]，但是在 [i] 元音之前是要顎化的，[5] 分別讀為 [ɕi] 和 [tɕi]，而不是讀成 [si] 或是 [tsi]。

3. 本書體例說明

　　為了便於學習者快速辨識學習目標音，發音練習通常將不易區分的音兩兩配對，設計練習題。然而，卡那卡那富語為多音節語言，要找尋最小配對詞實不容易，因此在選取詞彙作為發音練習考量以下幾個原則：

　　模的語言現象憂心或不以為然，因而急欲為語言提出「處方簽」（prescription）。但是，語言為語言社群成員約定俗成的溝通系統，約定俗成的習慣又豈是「處方簽」可以輕易扭轉的？

5 「顎化」（palatalization）是語言中常見的音韻同化現象，指的是非硬顎的音受到前元音影響，而讀為硬顎音。例如臺灣閩南語的「四」臺灣閩南語羅馬字雖拼寫為 sì，但是卻不讀為ㄙㄧ [si]，而是讀為ㄒㄧ [ɕi]。

（1）初學者對於一音串，印象最深刻的往往是詞的第一音節，因此本書發音練習選取的詞彙盡量以目標音在第一音節為原則。

（2）卡那卡那富語為詞綴豐富的語言，一詞根往往可以加上多個詞綴，因此一詞的音節有時可以多到五個以上。未免太多音節混淆學習者對目標音的注意，本書的詞彙練習以音節數少的詞彙為優先。

（3）卡那卡那富語的重音多半落在詞彙的倒數第二個音節，重音的有無有時會影響元音的音值，因此，作為發音練習的詞的重音盡量一致。

（4）為能體現目標音與各種語音的搭配，與目標音搭配的語音盡可能多元化，如輔音的練習以涵括與各個元音的搭配為原則。

4. 語料來源

本書發音練習的卡那卡那富語是以那瑪夏區的達卡努瓦區為主，首先將《卡那卡那富語語法概論》附錄中的基本詞彙作為發音練習的詞彙語料庫，依前一節所述的詞彙選取原則，挑選適宜區辨目標音的詞彙。每一練習的詞表都與翁博學先生核實，確認練習的詞彙的實際發音及語詞意義。

第四章　卡那卡那富語的元音練習

　　本書的目標學習者為華語母語者或擅長華語者，因此本書的練習均以華語學習者不易分辨者為主。本章針對卡那卡那富語的元音，設計發音練習，盡可能以最小配對搭配為原則，以利學習者區辨，若無法找到最小配對的詞，練習發音的詞彙以目標音在音節首為主，目標音所在的音節以粗體標示。每一節的發音練習先說明發音細節，輔以圖示，其後設計練習題數題，並留白給教師或學習者筆記重點，或是補充類似詞彙。

　　卡那卡那富語有六個元音 i、e、u、o、a、ʉ，因為 e 與 o 的詞彙較少，因此本章的元音練習不包含 e 與 o。對華語學習者而言，比較困難的是卡那卡那富語的高元音 ʉ，因此本章的練習以高元音兩兩配對練習為主。

第一節 i：u（/i/：/ɨ/）

i（/i/）

卡那卡那富語的書寫符號 i 讀為 /i/，為一個前高展唇元音，發音時舌位最高點在口腔前方約硬顎的下方，嘴唇為扁平的展唇。發音時臉頰肌肉不似英語的 /i/ 一般緊張，發音與華語的一 /i/ 相同。

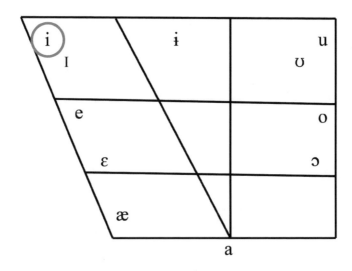

ʉ（/i/）

　　卡那卡那富語的書寫符號 ʉ 讀為 /i/，華語與英語均無這個音，一般語言也少見，對大部分的學習者而言是比較困難的音。/i/ 為央高展唇元音，發此音時，舌位最高點在中央，大約是硬顎後方，還未到軟顎處，也就是舌頭中段比舌位休息位置略高。學習者可以先試著發 /i/，再將舌頭中段抬高一些，即可發出此音。

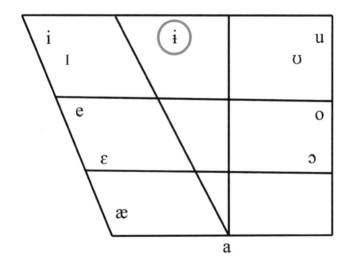

發音練習

i (/i/)			ʉ (/ɨ/)		
書寫文字	國際音標	詞意	書寫文字	國際音標	詞意
isi	`isi	這個	ʉcʉ	`itsɨ	雲
iriiri	i`liili	左邊	ʉrʉna	i`lina	雪；冰
uma'atipi	umaʔa`tipi	按、壓	uma'atʉpʉ	umaʔa`tipɨ	擁抱
iciici	i`tsiitsi	尾巴	ʉcʉ	`itsɨ	雲

筆記：

第二節 u：ʉ（/u/：/ɨ/）

u（/u/）

卡那卡那富語的書寫符號 u 讀為 /u/，/u/ 為後高圓唇元音，發此音時，舌位最高點在口腔後方，接近軟顎，嘴唇為凸出的圓唇。華語的ㄨ（/u/）即是這個音。

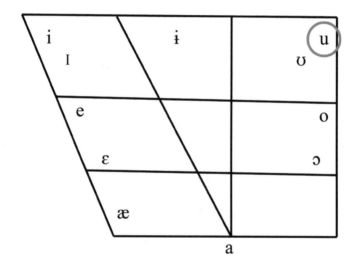

u（/ɨ/）

　　卡那卡那富語的書寫符號 u 讀為 /ɨ/，華語與英語均無這個音，一般語言也少見，對大部分的學習者而言是比較困難的音。/ɨ/ 為央高展唇元音，發此音時，舌位最高點在中央，大約是硬顎後方，還未到軟顎處，也就是舌頭中段比舌位休息位置略高。學習者可以先試著發 /i/，再將舌頭中段抬高一些，即可發出此音。

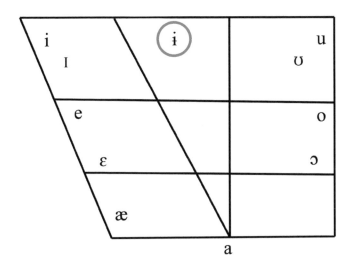

發音練習

u (/u/)			ʉ (/i/)		
書寫文字	國際音標	詞意	書寫文字	國際音標	詞意
tuku	`tuku	小鋤頭	tʉku	`tiki	耳朵
cunuku	tsu`nuku	麻糬	cʉnʉ	`tsini	草
'una	`ʔuna	有（問句用）	'ʉna	`ʔina	故事
tanuku	ta`nuku	杯子、勺子	tanʉkʉ	ta`niki	芋頭
manguru	ma`ŋulu	逃	mangʉrʉ	ma`ŋili	炒（飯菜）

筆記：

第五章　卡那卡那富語的輔音練習

　　本書的目標學習者為華語母語者或擅長華語者，因此本書的練習均以華語學習者不易分辨者為主。本章針對卡那卡那富語的輔音，設計發音練習，盡可能以最小配對搭配為原則，以利學習者區辨，若無法找到最小配對的詞，練習發音的詞彙以目標音在音節首為主，目標音所在的音節以粗體標示。每一節的發音練習先以說明發音細節，輔以圖示，其後設計練習題數題，並留白給教師或學習者筆記重點，或是補充類似詞彙。

第一節　p：t（/p/：/t/）

p（/p/）

　　卡那卡那富語的書寫符號 p 讀為 /p/，為一個不送氣的雙唇塞音，發音時雙唇輕觸，氣流短暫受阻後因雙唇開啟而爆破溢出口腔，同於華語的ㄅ（/p/）。

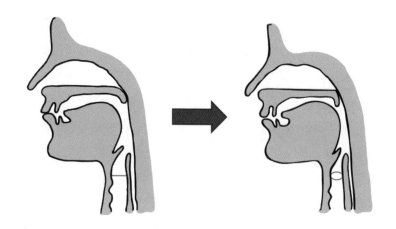

t（/t/）

　　卡那卡那富語的書寫符號 t 讀為 /t/，為一個不送氣的齒齦塞音，發音時舌尖抵住齒齦，氣流短暫受阻後因舌尖離開齒齦而爆破溢出口腔，同於華語的ㄉ（/t/）。

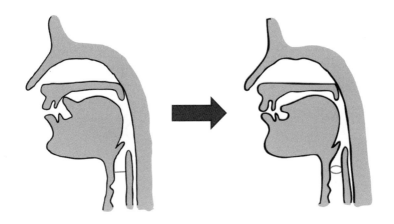

發音練習

p (/p/)			t (/t/)		
書寫文字	國際音標	詞意	書寫文字	國際音標	詞意
puka	`puka	貓頭鷹	**tuku**	`tuku	小鋤頭
parai	`palai	糯米	**tara-**	`tala-	看
pangtan	`paŋtan	鳳梨	**tangtang**	`taŋtaŋ	南瓜
pa'ici	pa`ʔitsi	酒	**ta'ica**	ta`ʔitsa	臀部
pinárupu	pi`nalupu	釣魚	**tina'an**	ti`naʔan	身體；瘦肉
pakituru	pa`kitulu	答應、願意	**takituturua**	takitutu`lua	老師

筆記：

第二節　p：k（/p/：/k/）

p（/p/）

卡那卡那富語的書寫符號 p 讀為 /p/，為一個不送氣的雙唇塞音，發音時雙唇輕觸，氣流短暫受阻後因雙唇開啟而爆破溢出口腔，同於華語的ㄅ（/p/）。

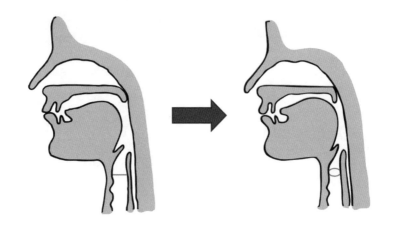

k（/k/）

　　卡那卡那富語的書寫符號 k 讀為 /k/，為一個不送氣的軟顎塞音，發音時舌後抵住軟顎，氣流短暫受阻後因舌後降下而爆破溢出口腔，同於華語的ㄍ（/k/）。

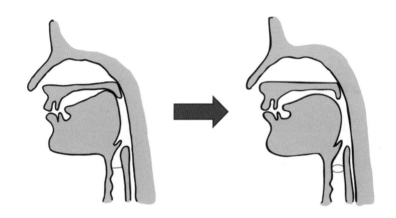

發音練習

p (/p/)			k (/k/)		
書寫文字	國際音標	詞意	書寫文字	國際音標	詞意
-pa	**pa**	還；尚；一下（客氣）	**ka-**	**ka**	製作；做
punu	`**pi**nɨ	餌（魚、獵餌）	**ku**na	`**ki**na	食物
pitu	`**pi**tu	七（數數）	**ki**ta	`**ki**ta	我們（包含式）；咱們
pu'a	`**pu**ʔa	買（入）	**ku**	**ku**	我
páriku	`**pa**liku	追	**ka**ri	`**ka**li	語言；話語
pasa'ɨcai	**pa**saʔɨ`tsai	清理；整理	**ka**sakɨno	**ka**sa`kɨno	珍惜
puri'i	**pu**`liʔi	吐出來	**ku**risivatɨ	**ku**lisi`vatɨ	橫臥倒下
pakasuun	**pa**ka`suun	這樣	**ka**kangca	**ka**`kaŋtsa	天空

筆記：

第三節　t：k（/t/：/k/）

t（/t/）

　　卡那卡那富語的書寫符號 t 讀為 /t/，為一個不送氣的齒齦塞音，發音時舌尖抵住齒齦，氣流短暫受阻後因舌尖離開齒齦而爆破溢出口腔，同於華語的ㄉ（/t/）。

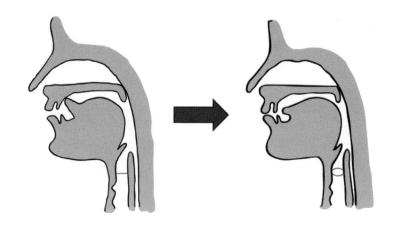

k（/k/）

卡那卡那富語的書寫符號 k 讀為 /k/，為一個不送氣的軟顎塞音，發音時舌後抵住軟顎，氣流短暫受阻後因舌後降下而爆破溢出口腔，同於華語的ㄍ（/k/）。

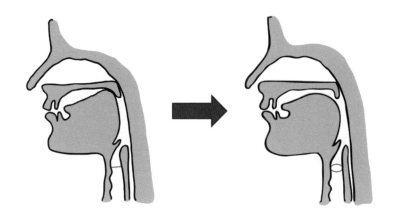

發音練習

t (/t/)			k (/k/)		
書寫文字	國際音標	詞意	書寫文字	國際音標	詞意
tara-	`tala-	看	kara-	`kala-	喝（端起來喝或用勺子；喝湯）
tamu	`tamu	祖父、母	kamu	`kamu	你們
tassa	`tassa	二（數人）	kasa	`kasa	魚簍
tacau	ta`tsau	狗	kacaua	ka`tsaua	多（人）
ta'anna	ta`ʔanna	蝴蝶	ka'anɨ	ka`ʔani	不是
tukunu	tu`kunu	心臟	kukuca	ku`kutsa	背部；背面；後面（建物）
tumatapini	tumata`pini	縫補	kumakunɨ	kuma`kɨnɨ	吃

筆記：

第四節　'：k（/ʔ/：/k/）

'（/ʔ/）

　　卡那卡那富語的書寫符號'讀為 /ʔ/，為喉塞音，發音時聲帶閉合，氣流短暫受阻後因聲帶分開而爆破溢出口腔，華語沒有這個音。這個音同於臺灣閩南語的入聲尾 -h (/ʔ/)，如閩南語的「肉」 *bah* 的入聲韻尾，但是在卡那卡那富語中，喉塞音多出現在音節首。

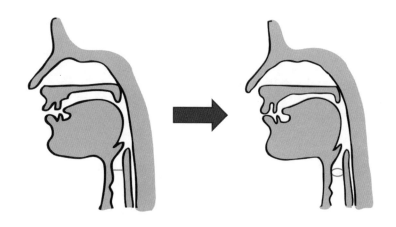

k（/k/）

　　卡那卡那富語的書寫符號 k 讀為 /k/，為一個不送氣的軟顎塞音，發音時舌後抵住軟顎，氣流短暫受阻後因舌後降下而爆破溢出口腔，同於華語的ㄍ（/k/）。

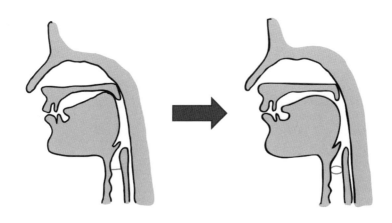

發音練習

' (/ʔ/)			k (/k/)		
書寫文字	國際音標	詞意	書寫文字	國際音標	詞意
'ʉna	`ʔina	故事	**kʉ**na	`kina	食物
pu**'a**	`pu**ʔa**	買（入）	pu**ka**	`puʔa	貓頭鷹
'arai	ʔa`lai	苧麻線；生麻；紗；麻絲	**ka**ra	`kala	疑問助詞
'avangʉ	ʔa`vaɲi	豬槽；船	**ka**vangvang	ka`vaŋvaŋ	全部；都；也
'uma'a'a	ʔuma`ʔaʔa	磨利	**ku**makoru	kuma`kolu	挖掘；挖洞

筆記：

第五節　'：0（/ʔ/：0）

'（/ʔ/）

　　卡那卡那富語的書寫符號'讀為 /ʔ/，為喉塞音，發音時聲帶閉合，氣流短暫受阻後因聲帶分開而爆破溢出口腔，華語沒有這個音。這個音同於臺灣閩南語的入聲尾 -h (/ʔ/)，如閩南語的「肉」*bah* 的入聲韻尾，但是在卡那卡那富語中，喉塞音多出現在音節首。

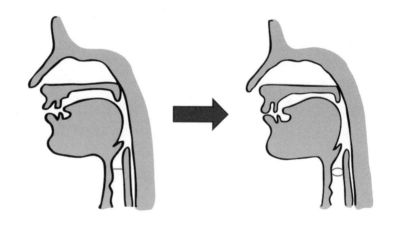

0

　　對卡那卡那富語而言，喉塞音的有無是很重要的，是可以區辨詞義的，為了能使華語學習者清楚喉塞音的重要，這裡的發音圖只列發音器官的休息狀態，作為對照。

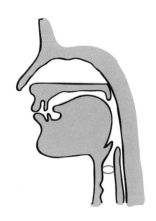

發音練習

' (/ʔ/)			0		
書寫文字	國際音標	詞意	書寫文字	國際音標	詞意
'au	`ʔau	湯	aunu	`aunu	蒸氣
ca'u	`tsaʔu	無患子	cau	`tsau	人
'ucangʉ	ʔu`tsaŋɨ	配偶	ucani	u`tsani	一（數物）
'uma'ura	ʔuma`ʔula	切成小塊	umaʔunu	uma`ʔunu	揹負（用揹簍，支撐點在頭部）
'uma'a'a	ʔuma`ʔaʔa	磨利	umanʉ	u`manɨ	十（數物）
'iciuru	ʔitsi`ulu	蛋；卵	iciici	i`tsiitsi	尾巴

筆記：

第六節　s：c（/s/：/ts/）

s（/s/）

　　卡那卡那富語的書寫符號 s 讀為 /s/，為一個無聲的齒齦擦音，發音時舌尖抬高接近齒齦，氣流短暫從舌尖與齒齦的縫隙溢出，同於華語的ㄙ（/s/）。

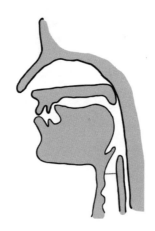

c（/ts/）

　　卡那卡那富語的書寫符號 c 讀為 /ts/，為一個無聲的齒齦塞擦音，發音時舌尖抬高抵住齒齦，氣流短暫受阻後從舌尖與齒齦的縫隙溢出，同於華語的ㄗ（/ts/）。

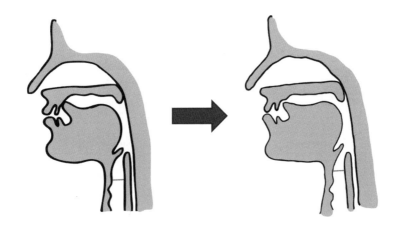

發音練習

s (/s/)			c (/ts/)		
書寫文字	國際音標	詞意	書寫文字	國際音標	詞意
sana	`sana	那裡（說者與聽者都看不見）	cani	`tsani	一（數數）
suan	`suan	（你）那裡	cuma	`tsuma	父親；爸爸
supatɨ	sɨ`patɨ	四（數數）	cunuku	tsu`nuku	麻糬；年糕（有內餡）
saviki	sa`viki	檳榔	caruru	tsa`lulu	頂端；尖端（山頂）
sumasima'ɨ	sumasi`maʔɨ	玩；玩耍	cumacɨ'ɨra	tsumatsɨ`ʔɨla	看

筆記：

第七節　v：m（/v/：/m/）

v（/v/）

　　卡那卡那富語的書寫符號 v 讀為 /v/，為一個有聲的唇齒擦音，發音時上齒輕觸下唇，氣流從舌尖牙齒與嘴唇的縫隙溢出，華語中沒有這個音，/v/ 可以視為是有聲的ㄈ。

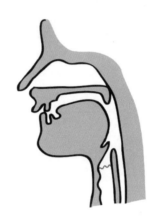

m（/m/）

　　卡那卡那富語的書寫符號 m 讀為 /m/，為一個有聲的雙唇鼻音，發音時雙唇緊閉，軟顎下降，氣流從鼻腔溢出，同於華語的ㄇ（/m/）。

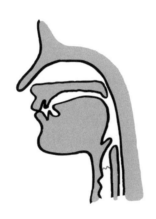

發音練習

v (/v/)			m (/m/)		
書寫文字	國際音標	詞意	書寫文字	國際音標	詞意
vʉʉn	`**vi**ɨn	給；贈送	**mʉ**na	`**mi**na	百
vakure	va`kule	山藥	**ma**kungu	ma`kuŋu	冷
vakʉrʉ	va`kɨlɨ	傷口	**ma**kungu	ma`kuŋu	冷
vara'ʉ	va`la?ɨ	肝臟	**ma**ra'an	ma`la?an	快速
vavuru	va`vulu	山豬	**ma**tunʉ	ma`tunɨ	三十

筆記：

第八節　n：ng（/n/：/ŋ/）

n（/n/）

　　卡那卡那富語的書寫符號 n 讀為 /n/，為一個有聲的齒齦鼻音，發音時舌尖抵住齒齦，軟顎下降，氣流從鼻腔溢出，同於華語的ㄋ（/n/）。

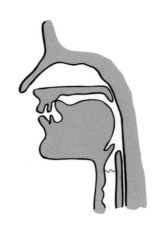

ng（/ŋ/）

卡那卡那富語的書寫符號 ng 讀為 /ŋ/，為一個有聲的軟顎鼻音，發音時舌後抵住軟顎，軟顎下降，氣流從鼻腔溢出，這個音在華語只出現在韻尾，ㄤ及ㄥ的收尾的音即是 /ŋ/。

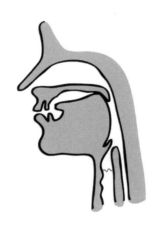

發音練習

n (/n/)			ng (/ŋ/)		
書寫文字	國際音標	詞意	書寫文字	國際音標	詞意
tina'an	ti`na?an	身體；瘦肉	tingasu	ti`ŋasɨ	吃剩的
tanukɨ	ta`nikɨ	芋頭	tanguca	ta`ŋitsa	鼻子
nanakɨ	na`nakɨ	女性； 女人； 妻子； 雌性	pangarɨ	pa`ŋarɨ	矛
mucunu	mu`tsunu	燒	vu'ungu	vu`?uŋu	角（動物的）
ma'unu	ma`?unu	揹負（用揹 簍，支撐點 在頭部）	navungu	na`vuŋu	頭

筆記：

第六章　卡那卡那富語的音變練習

　　語言學習的難處有時在於一個音位在不同的環境可能會有不同的發音，這些不同的發音對母語者而言是同一個音，已經內化的，但是對學習者而言可能是需要特別學習與記憶的。例如，華語的ㄢ單獨念的時候是讀 [an]，但是加上介音一（/i/）時，卻讀為 [iɛn]，而不是讀為 [ian]。又如日語的音節看似簡單，是由輔音分別搭配 /a, i, u, e, o/ 五個元音，例如 /ka, ki, ku, ke, ko/，然而，若輔音 /s/ 搭配 /a, i, u, e, o/ 五個元音，/s/ 在 /a, u, e, o/ 前讀 [s]，但在 /i/ 前卻讀 [ɕ]，而不讀 [s]。這種音變母語者習以為常，會視為一個音，未必會察覺是不同的音。若教師為母語使用者，沒有這樣的體會與認知，對於學習者的困難就會難以理解而不明所以。學習者若未能學習到音位的不同讀音（例如，將華語的「邊」讀成 [pian]），說的話雖不見得會產生誤解，但是其語音與母語者仍會有較大的差距。

　　卡那卡那富語有兩個輔音即有這樣的音變，一個是 s（/s/），另一個是 c（/ts/）。這兩個音搭配卡那卡那富語的六個元音時，只有在元音 i（/i/）前會發生了顎化現象（palatalization），讀為硬顎音。

第一節　卡那卡那富語的 s 的音變

s: [ɕ]

卡那卡那富語的 s (/s/) 在 i (/i/) 的前面時，並不會讀成 [si]（ㄙㄧ），而會讀成 [ɕi]（ㄒㄧ）。發音時舌面抬高，接近硬顎，大約接近元音 /i/ 的位置，但是比元音 /i/ 更接近硬顎，氣流在舌面與硬顎間的通道非常狹窄以至於產生湍流，約同於華語的ㄒ（/ɕi/）。

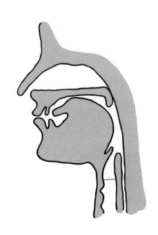

s: [s]

　　卡那卡那富語的書寫符號 s 讀為 /s/，為一個無聲的齒齦擦音，發音時舌尖抬高接近齒齦，氣流短暫從舌尖與齒齦的縫隙溢出，同於華語的ㄙ（/s/）。

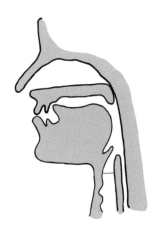

發音練習

s: [ɕ]			s: [s]		
書寫文字	國際音標	詞意	書寫文字	國際音標	詞意
sian	`ɕian	（我）這裡	suan	`suan	（你）那裡
sii	`ɕii	因為	saa	`saa	或
sika-	`ɕika-	程度	sana	`sana	那裡（說者與聽者都看不見）
sinatɨ	ɕi`natɨ	書；文字	supatɨ	si`patɨ	四（數數）
sisini	ɕi`ɕini	繡眼畫眉鳥；靈鳥	saviki	sa`viki	檳榔
sisini	ɕi`ɕini	繡眼畫眉鳥；靈鳥	sasia	sa`ɕia	九（數人）

筆記：

第二節　卡那卡那富語的 c 的音變

c: [tɕ]

　　卡那卡那富語的 c (/ts/) 在 i (/i/) 的前面時，並不會讀成 [tsi]（ㄗㄧ），而會讀成 [tɕi]（ㄐㄧ）。發音時舌面抬高，碰觸到硬顎，氣流短暫阻擋後，舌頭稍稍離開硬顎，但是仍然讓舌面與硬顎間的通道非常狹窄以至於產生湍流，這個音約同於華語的ㄐ（/tɕi/）。

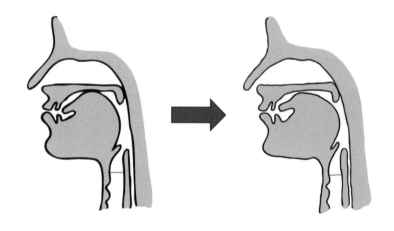

c: [ts]

卡那卡那富語的書寫符號 c 讀為 /ts/，為一個無聲的齒齦塞擦音，發音時舌尖抬高抵住齒齦，氣流短暫受阻後從舌尖與齒齦的縫隙溢出，同於華語的ㄗ（/ts/）。

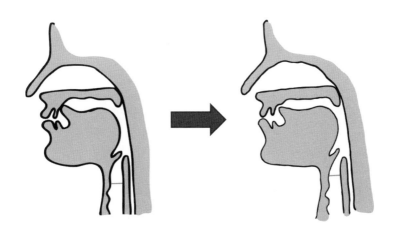

發音練習

c: [tɕ]			c: [ts]		
書寫文字	國際音標	詞意	書寫文字	國際音標	詞意
cina	`tɕina	母親；媽媽	cani	`tsani	一（數數）
ciciri	tɕi`tɕili	旁邊；角落	cacanɨ	tsa`tsanɨ	路；道路
ciciri	tɕi`tɕili	旁邊；角落	cucuru	tsu`tsulu	很；非常；太；真的
cirupu	tɕi`lupu	毛巾；方巾	caruru	tsa`lulu	頂端；尖端（山頂）
civu'u	tɕi`vuʔu	竹筍	cunuku	tsu`nuku	麻糬；年糕（有內餡）
civuka	tɕi`vuka	胃	cunuku	tsu`nuku	麻糬；年糕（有內餡）

筆記：

第七章　卡那卡那富語的重音練習

　　卡那卡那富語為多音節語言，詞彙的音節數可以有一個、兩個、三個，若加計詞綴，可能擴展到四個音節，甚至五個或六個音節。卡那卡那富語單音節的詞不多，若有也多半是代名詞等虛詞。卡那卡那富語的重音主要是落在倒數第二個音節，另有一些語詞的重音落在倒數第三個音節。也就是說，如果是兩個音節的詞，重音在第一個音節，如果是三個音節的詞，重音落在第二個音節，如果是四個音節的詞，重音則在第三個音節。

　　讀重音的音節通常會比較大聲、音長比較長，以下的練習將分別針對常規性的倒數第二個音節以及屬特例的重音分別練習，重音的音節以較大的字型呈現。

第一節　常規性的重音：倒數第二個音節

兩個音節的詞

　　卡那卡那富語的重音在倒數第二個音節，所以若兩個音節的詞，重音看起來就會在第一個，第一個音節拉高拉長。

書寫文字	國際音標	詞意
cina	tsi · na	媽媽
puka	pu · ka	貓頭鷹
pu'a	pu · ʔa	買（入）
tamu	ta · mu	祖父、母
kava	ka · va	皮（人或動物）；皮膚
tuku	tɨ · kɨ	耳朵
'uru	ʔu · lu	飯
anu	a · nu	蜜蜂；蜂蜜；蜂巢
vuku	vu · ku	腰帶；皮帶
manu	ma · nu	小孩；孩童

三個音節的詞

卡那卡那富語的重音在倒數第二個音節，所以若三個音節的詞，重音看起來就會在第二個音節，第二個音節拉高拉長。

書寫文字	國際音標	詞意
ta**nu**ku	ta・**nu**・ku	杯子、勺子
pa**ʼi**ci	pa・**ʔi**・tsi	酒
pa**pi**tu	pa・**pi**・tu	七（數人）
ta**ca**u	ta・**tsa**・u	狗
ʼa**ri**cang	ʔa・**li**・tsaŋ	樹豆
u**ma**nʉ	u・**ma**・nɨ	十（數物）
si**si**ni	si・**si**・ni	繡眼畫眉鳥；靈鳥
va**ku**re	va・**ku**・le	山藥
va**vu**ru	va・**vu**・lu	山豬
ti**nga**sʉ	ti・**ŋa**・sɨ	吃剩的

四個音節的詞

　　卡那卡那富語的重音在倒數第二個音節,所以若四個音節的詞,重音看起來就會在第三個音節,第三個音節拉高拉長。

書寫文字	國際音標	詞意
tɨnɨ**ka**i	tɨ · nɨ · **ka** · i	頂端(樹頂)
paka**su**un	pa · ka · **su** · un	這樣
kasa**kɨ**no	ka · sa · **kɨ** · no	珍惜
tava**rɨ**'ɨ	ta · va · **lɨ** · ʔɨ	知道;會;懂;可以
kuma**kɨ**nɨ	ku · ma · **kɨ** · nɨ	吃
'uma**'a**'a	ʔu · ma · **ʔa** · ʔa	磨利
kuma**ko**ru	ku · ma · **ko** · lu	挖掘;挖洞
'ici**u**ru	ʔi · tsi · **u** · lu	蛋;卵
uma**ʔu**nu	u · ma · **ʔu** · nu	揹負(用揹簍,支撐點在頭部)
makɨ**kɨ**ang	ma · kɨ · **kɨ** · aŋ	硬(如石頭)

五個音節的詞

卡那卡那富語的重音在倒數第二個音節，所以若五個音節的詞，重音看起來就會在第四個音節，第四個音節拉高拉長。

書寫文字	國際音標	詞意
pasaʉ**ca**i	pa · sa · ʔɨ · **tsa** · i	清理；整理
patata**na**mʉ	pa · ta · ta · **na** · mʉ	練習
patanga**na**i	pa · ta · ŋa · **na** · i	取名；指名
makana**ngu**ru	ma · ka · na · **ŋu** · ru	游泳

第二節　例外的重音：倒數第三個音節

　　卡那卡那富語的重音一般都在倒數第二個音節，但是還是有些例外，這些例外學習者通常需要一一背誦，這裡列出一些供學習者練習。

書寫文字	國際音標	詞意
páriku	**pa** · li · ku	追
aunu	**a** · u · nu	蒸氣
mʉrʉpʉ	**mɨ** · lɨ · pɨ	濕的
kʉ**kʉ**nangʉ	kɨ · **kɨ** · na · ŋɨ	同伴；夥伴
su**ru**varo	su · **lu** · va · lo	借去
pa**ki**turu	pa · **ki** · tu · lu	答應、願意
pi**ná**rupu	pi · **na** · lu · pu	釣魚

後記

　　卡那卡那富語雖然是臺灣第十六個被認定證明的原住民族，但是早在 1935 年，小川尚義及淺井惠倫就已經記錄其音韻系統、詞綴及語料。其後也有很多學者調查過卡那卡那富語，不論是語言層面的描述或是字典的編纂，都有豐碩的成果。這本教材雖是因應本土語言教育正規化的需求而編輯，但也是奠基於前人的豐碩成果。然而，教材需貼近語言現況，因此我們參考較晚近的資料，本書採用的詞彙來自《卡那卡那富語語法概論》，並與發音人翁博學先生確認。語言是一個複雜的系統，我們相信這本書未能涵蓋所有與特定發音相關的詞彙，因此我們在每一個練習都有留白處，提供本土語言教師筆記及補充詞彙。除了詞彙可能不全面外，我們也略過一些我們還沒有分析清楚的音變現象，如 ai 和 e 的交替、au 和 o 的交替、音節的縮減等等。待日後有進一步的發現與了解後，修訂版時再增補相關的練習題。

　　對於像卡那卡那富語這樣一個極度弱勢的語言，語言復振的工作刻不容緩。目前除了詳細的語言紀錄外，立法保障，並開始將族語教育納入正規的師資培育，都是已經開始著手的工

作。隨著公部門的介入，族人的語言意識也在提升中，然而，語言學習並一蹴而就，母語環境不再，族語的學習已經像是第二語言或是外語學習，系統化的教材可以使族人在短時間內學習族語的語言結構。

　　這本發音教材是從華語與卡那卡那富語的對比分析為出發點來設計，適用對象為華語母語者或是華語使用流利者，除了可以作為各級學校卡那卡那富語的語言教學課程，其他對於卡那卡那富語有興趣的民眾也可以作為學習的入門書。一個語言的活力指標不僅僅在於族群中母語者人口數，也在於在跨語種學習者的數量。深深期待臺灣各本土語言教材不只是為母語者設計的教材，也可以是臺灣其他族群相互學習的開端。

　　最後，感謝助理溫婷惟同學與薛伊雯同學幫忙彙整語料，歐妍君小姐費心繪製多個看來很相像又不太有趣的圖片。還要感謝編輯鍾宛君小姐細心校閱，這本教材不僅有諸多特殊符號，圖片又很相似，在編輯校閱時著實花了相當的心力與眼力！

參考書目

Chen, Hsuan-ju., 2016. *A study of Kanakanavu phonology: Selected Topics.* Master Thesis, National Chi Nan University.

宋麗梅，2018，《卡那卡那富語語法概論》。新北市：原住民族委員會。

洪惟仁，2019，《臺灣社會語言地理學研究》。臺北：前衛。

筆記：

筆記：

■ 國家圖書館出版品預行編目（CIP）資料

卡那卡那富族語發音練習 / 王本瑛著. -- 初版. --
高雄市：國立高雄師範大學語言與文化學士原住民
專班, 2020.06
　　面；　公分
　ISBN 978-986-99220-0-5（平裝）

1.卡那卡那富語　2.語音　3.發音　4.教學法

803.994　　　　　　　　　　　109008343

卡那卡那富族族語發音練習

初版一刷・2020年6月

語言與文化學士原住民專班教材

作　　者・王本瑛

繪　　圖・歐妍君

經費來源・原住民族委員會

出 版 者・國立高雄師範大學語言與文化學士原住民專班
　　　　　地址：802高雄市苓雅區和平一路116號
　　　　　電話：07-7172930轉2531
　　　　　傳真：07-7111951
　　　　　電子信箱：uo@nknu.edu.tw

承　　印・麗文文化事業股份有限公司
　　　　　地址：802高雄市苓雅區五福一路57號2樓之2
　　　　　電話：07-2265267
　　　　　傳真：07-2264697

定價：160 元

● 版權所有・請勿翻印